Disney

跟米奇與好友讀
世界經典童話

新雅文化事業有限公司
www.sunya.com.hk

跟米奇與好友讀世界經典童話

作　　者：Disney
繪　　圖：Disney Storybook Artists
翻　　譯：張碧嘉
責任編輯：陳志倩、楊明慧
美術設計：李成宇、劉麗萍
出　　版：新雅文化事業有限公司
　　　　　香港英皇道499號北角工業大廈18樓
　　　　　電話：(852) 2138 7998
　　　　　傳真：(852) 2597 4003
　　　　　網址：http://www.sunya.com.hk
　　　　　電郵：marketing@sunya.com.hk
發　　行：香港聯合書刊物流有限公司
　　　　　香港荃灣德士古道220-248號荃灣工業中心16樓
　　　　　電話：(852) 2150 2100
　　　　　傳真：(852) 2407 3062
　　　　　電郵：info@suplogistics.com.hk
印　　刷：中華商務聯合印刷（廣東）有限公司
　　　　　廣東省深圳市龍崗區平湖街道鵝公嶺春湖工業區10棟
版　　次：二〇二二年一月初版

目錄

米奇、米妮和糖果屋

　　從前，有一個名叫米奇的窮學徒，他在村裏的鐵匠店裏工作。他的工作很辛苦，鐵匠對他很刻薄。米奇留在這裏工作，只是因為他喜歡了鄰家的米妮。

　　米妮也很貧窮，要替麵包師傅打工。麵包師傅跟鐵匠一樣，又暴躁又刻薄。

鐵匠和麵包師傅曾經是富有和善良的人，但自從女巫偷去了他們的善心和財富後，米奇和米妮的日子便不好過了。米奇和米妮需要長時間工作，而且好像怎樣也無法令他們的老闆滿意。

　　米奇和米妮惦記着鐵匠和麵包師傅以往的友善，也一直希望他們能夠回復以前的模樣。然而，一切還是沒有改變。

　　有一天，米奇想到了一個好主意。他邀請米妮與他一同離開，米妮同意了。米奇答應她，他們將來的日子一定會變得更美好。

　　那天晚上，米奇和米妮離開了家園。他們在森林裏走着，走了很多個小時之後，已經非常疲倦，而且肚子也餓了。就在他們打算停下來休息的時候，米妮看到了在不遠處有一座建築物。

　　「米奇，你看！」米妮驚歎，「那裏有一間屋子！」

　　米奇和米妮慢慢走近，他們都嚇了一跳。原來屋子是由薑餅砌成的。

「我們可以吃一點嗎？」米妮疑惑地問，「我肚子很餓啊。」

「當然。」米奇說，然後嚐了一口窗台的味道。

嗯！原來是糖果來的。米奇馬上又吃了一口。

這時，屋子的大門「吱」的一聲打開，一位老婆婆滿面笑容地走出來。

「進來吧，進來吧。你們肯定又累又餓了。」她友善地說，臉上掛着溫暖、友好的笑容，邀請他們進屋子去。

那天晚上，老婆婆為米奇和米妮煮了一頓世間上最美味的晚餐——有火雞、各種新鮮蔬菜，還有各式各樣的蛋糕和甜品。

米奇和米妮剛吃完第一碟食物，老婆婆立即為他們加添食物；他們吃完了第二碟，老婆婆再為他們添第三碟。這頓極豐富的大餐，使他們肚子滿滿的，心情暢快，然後眼皮也漸漸變得沉重起來。

「你們一定很累了。」老婆婆說，「不如今晚就在這裏睡一覺吧。」

她帶他們來到一個舒適的房間，再安排他們各自睡在一張舒服的牀上，又為他們蓋上被子。不消一會兒，米奇和米妮已沉沉入睡。

可是，當米奇第二天早上起來的時候，就發覺有什麼不對勁了。他被鎖在一個鐵籠裏，而米妮則被迫在廚房裏工作，正忙着搓麵團。

昨天晚上那個溫柔的老婆婆，忽然變得惡毒和刻薄。

她指着米奇咯咯大笑，說：「把你養得胖乎乎的，就能做出一個美味的餡餅！」

米奇感到難以置信。那老婆婆騙了他們，她其實是一個刻薄的女巫！

「別停手！快搓麵團！」女巫向米妮大喝。

米妮搓好了麵團後，女巫又命令她去做別的事。

「去點燃焗爐的柴火！」她叫道。

米妮從未試過點燃柴火，她告訴女巫：「麵包師傅總是自己點燃柴火的。」

「啊，對了，那麵包師傅。」女巫笑着說，流露出邪惡的眼神，「她跟鐵匠是否都很想念自己的財富和善心呢？」

「原來你就是那個偷走了鐵匠和麪包師傅的善心和財富的女巫！」米妮叫道。

米妮知道自己必須做點什麼。於是她趁着女巫背向她的時候，跑上前從後用力把女巫推進焗爐裏。女巫掉進冷冰冰的焗爐裏，米妮立刻「砰」的一聲關上焗爐門。

米妮隨即為米奇解鎖，然後他們一起把桌子推到焗爐門前。女巫被困在焗爐裏，米奇和米妮終於可以逃走了，但是他們得進入女巫的閣樓，找回女巫從鐵匠和麪包師傅那裏偷走的善心和財富。

　　米奇和米妮趕快回家，並將一切歸還給鐵匠和麵包師傅，他們都高興極了。從此，麵包師傅、鐵匠、米奇和米妮都懷抱着善心和財富，一起快快樂樂地生活。

米奇與乞丐王子

從前，有一個善良的國王，為人公平慷慨。他的兒子也很愛這個王國，但王子總是希望人生中能有一次小小的歷險。那時天下太平，人民安居樂業；但隨着國王生病，王國裏開始起了變化。

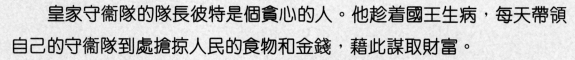

　　皇家守衞隊的隊長彼特是個貪心的人。他趁着國王生病，每天帶領自己的守衞隊到處搶掠人民的食物和金錢，藉此謀取財富。

　　在一個寒冷的早上，一個名叫米奇的農民看見守衞隊的馬車駛過。米奇的小狗布魯托看見馬車後懸掛着香腸，飢餓的牠便追着馬車跑。

「快停下來！」米奇叫道。

但太遲了，布魯托已經消失在王宮的大門後。

米奇問王宮守衞可否讓他進去找回布魯托。正當守衞
想拒絕的時候，他認真地看了看這個農民的樣子。

「王子殿下！」他驚叫，然後恭敬地請米奇進去。

　　在王宮內，王子和他的書僮唐老鴨正在上一堂沉悶的
歷史課，二人互相捉弄對方來打發時間。
　　歷史老師正想責罵唐老鴨和王子時，外面忽然傳來了
一陣吵鬧聲。

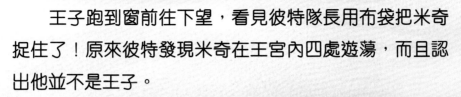

王子跑到窗前往下望，看見彼特隊長用布袋把米奇捉住了！原來彼特發現米奇在王宮內四處遊蕩，而且認出他並不是王子。

王子叫停了彼特，吩咐他讓米奇進來。

彼特按王子的吩咐放走了米奇。米奇走進宮殿裏，卻迷了路。
噹啷！米奇撞到了一套盔甲，頭盔掉了下來，正好套在他的頭上。

這時，王子走進大殿裏，另一個頭盔也掉下來，套在他的頭上！

頭盔遮蓋了王子和米奇的視線，二人跌跌撞撞——砰！他們撞倒了對方，跌坐在地上。然後，他們緩緩地脫掉頭盔。

「你跟我長得一模一樣！」他們異口同聲地說。

　　對於王子來說，這實在是一個千載難逢的機會！王子
請求米奇跟他互換身分，這樣他便可以瞞天過海，離開這
個沉悶的王宮。對米奇而言，能體驗王宮裏的生活亦很難
得。於是他們交換了衣服，然後王子朝大門離開。

　　「我很快便會回來。」他承諾說。

王子馬上走進城裏，享受着當平民的時光。在市集裏，他看見彼特隊長的守衞正在強搶窮人的食物。

「停手！我是王子！」他叫道，手中高舉他的王室指環。然後他爬上了手推車，將守衞搶來的食物歸還給飢餓的民眾。

　　那名遇見王子的守衞立刻趕回去通知彼特隊長。彼特
聽完，馬上想到了一條詭計：將真王子除掉，再將假王子
變成自己的提線木偶，這樣他便可以為所欲為了！

這時，王子正在高飛的家。忽然，遠處傳來教堂緩慢而沉重的鐘聲，這代表國王已經離開人世了。

「我必須立刻回到王宮。」王子說，並向高飛展示他的王室指環，「我有義務繼承王位。」

可是，彼特隊長正在門外等候着他。

彼特的守衞捉拿了王子，將他關在城堡的地牢裏，跟唐老鴨困在一起。

「你的王室指環再沒有用途了。」彼特狡猾地笑着對王子說，「當那平民登上王位之後，我便會揭穿他是假冒的。然後，就讓我來掌管這王國吧！」

彼特隊長離開後，有一名樣貌奇怪的守衞來到監獄門
前。原來是高飛！他靜悄悄地繞過真正的守衞，打開了監獄
的大門。於是，唐老鴨、高飛和王子一起逃走了。

與此同時，米奇識穿了彼特隊長的詭計。在王宮舉行的加冕典禮上，他想盡辦法拖延加冕儀式。

「我是王子，所以你要聽從我的吩咐，對嗎？」他說。

典禮的負責人點點頭，於是米奇下令守衛捉拿彼特。

　　但彼特早已經預備好了。「他不是王子!」彼特叫道,「他是冒充的,捉拿他!」

　　「但我不是冒充的!」宮殿上方傳來一把聲音,原來是真正的王子!

　　大家都嚇了一跳,看着王子抓着吊燈盪到地上。邪惡的彼特隊長被捕了,而王子順利地成為了國王。

這個王國再次由一位善良的國王統治，米奇和高飛也成為
了新國王的得力助手。他們一起過着快快樂樂的日子。

城市花栗鼠與鄉下花栗鼠

從前，有一隻花栗鼠住在繁榮的城市裏。有一天，他決定到鄉郊去探望一位朋友。他離開了嘈雜的城市後，深深地吸了一口氣，不禁讚歎道：「空氣多麼清新！樹木多麼美麗！住在鄉郊真好啊！」

　　不久，城市花栗鼠來到了鄉下花栗鼠的家裏。巨大的森林中間有一個橡樹叢林，他的家就在那裏。

　　「歡迎！」鄉下花栗鼠既驚訝又高興地叫道，「進來吧！你肯定已經餓了，讓我為你準備一頓鄉郊晚餐吧。」

　　城市花栗鼠的確有一點餓，還有點累。於是，他愉快地跟隨朋友進入屋內，然後坐在火爐旁邊，等待鄉下花栗鼠為他準備豐富的晚餐。

晚餐終於準備好了。「看！」鄉下花栗鼠宣布，「這是我的拿手菜：烤橡子。這裏還有些烤栗子，以及所有鄉郊花栗鼠都愛吃的——烤種子！」

城市花栗鼠禮貌地笑了笑，但其實他很失望。城市裏的美食比這裏的吸引多了，而且種類繁多。

　　不過，城市花栗鼠還是把晚餐好好吃完，並且感謝了
鄉下花栗鼠的招待。晚餐後，他還是忍不住問鄉下花栗鼠：
「你常常吃這些普通和簡單的食物，不會厭倦嗎？」
　　鄉下花栗鼠一臉疑惑地望着城市花栗鼠。「什麼簡單的
食物？」他問，「還有哪些食物？」

「還有哪些食物？」城市花栗鼠說。他突然興奮地拍了拍桌子，因為他想到了一個好主意！

「不如你明天跟我到城市去，來看看我的家吧！」城市花栗鼠說。

鄉下花栗鼠猶豫了一會兒。他這位朋友才剛剛來到，還未曾在乾草堆中玩耍呢。但城市花栗鼠一副熱切期待的樣子，鄉下花栗鼠只好答應了。

第二天早上，他們吃過早餐之後，便一起出發到城市去。

　　中午時分，他們來到了城市花栗鼠的家。他的家位於一間大屋後的一棵高大的樹上。

　　樹下有車輛在響號。砵！砵！然後，天空上又有一架直升機飛過。

　　「嘩！」鄉下花栗鼠驚歎道，「這裏真熱鬧啊！住在這裏肯定很刺激的！」

讓鄉下花栗鼠更難忘的，是他跟隨城市花栗鼠穿過鄰居那扇打開的窗戶，進入大屋裏。眼前是世上最美妙的廚房，那裏有許多芝士、果醬、蜜糖、花生醬、曲奇餅、糖果、蛋糕，還有各種各樣的美食。

「我說得沒錯吧！」城市花栗鼠自豪地說。

　　兩隻花栗鼠爬進廚房。城市花栗鼠問他的朋友想要哪一款果醬：「你最喜歡哪一款？藍莓味？草莓味？蜜桃味？」

　　「嗯！」鄉下花栗鼠說，「全部都很美味啊！」

　　城市花栗鼠跳到廚櫃的另一個層架，給鄉下花栗鼠遞上兩塊曲奇餅。

　　「太棒了！」鄉下花栗鼠說，「我從來沒有吃過如此美味的食物！」

　　最後，城市花栗鼠跑到一大瓶蜜糖面前，鄉下花栗鼠跟着他，然後他倆一起分享美食。

　　「味道很好啊！」鄉下花栗鼠叫道，「你真是世上最幸運的花栗鼠！」

　　但還沒說完，大屋的主人打開了廚房的門，發現了兩隻花栗鼠。

「又是你這隻討厭的花栗鼠！」主人大叫，「這次竟然帶同朋友一起來呢！」他拿起掃帚，開始大聲呼喝，「快給我滾！」

城市花栗鼠和鄉下花栗鼠立刻逃走，他們從窗戶跳出，再跑過後園，馬上爬上大樹，回到城市花栗鼠的屋裏，上氣不接下氣地倒在地。

沒多久，鄉下花栗鼠收拾好行裝、戴上帽子，「謝謝你的款待，但我要回家了。」

「什麼？」城市花栗鼠說，「你才剛剛來到呢。那些美味的食物呢？你不喜歡嗎？」

「我很喜歡。」鄉下花栗鼠說，「不過我寧願安安靜靜地吃自己簡單的食物，也不想再面對那憤怒的主人，來取得好吃的東西。」

於是，鄉下花栗鼠跟城市花栗鼠道別後，便踏上回鄉郊的路了——那裏有清新的空氣，又有烤橡子；而城市花栗鼠則留在城市裏——那裏有響號的車子和美味的食物。兩隻花栗鼠都很享受這趟旅程，但同時也明白到，唯有在自己的家裏才是最舒服的。

小紅帽米妮

從前，有一位善良的女孩子，人人都很喜愛她。她的祖母為她造了一件紅色羊毛斗篷，那女孩常常都穿着這件紅色斗篷，所以大家都叫她做小紅帽米妮。

有一天，小紅帽米妮知道祖母患了感冒，便決定做一些她最拿手的朱古力碎曲奇餅送給祖母。

小紅帽米妮做好曲奇餅後，便將曲奇餅放到鐵罐裏。她又將一些特強薄荷喉糖放進另一個鐵罐裏，因為祖母可能會用得着。

小紅帽米妮將兩個鐵罐放進籃子裏後，便出發前往祖母的家。

在前往祖母家的路上，小紅帽米妮會經過市中心的大街。
小紅帽米妮很喜歡一邊走，一邊跟街道旁的商店店主打招呼。

可是，當她經過郵局的時候，卻遇上了大壞蛋彼特！

「你好啊，小紅帽。」他說，「你帶着籃子要往哪裏去？」

彼特是公認的大壞蛋，也是小紅帽米妮最不想遇見的人。然而，

小紅帽米妮還是希望對每個人都有禮貌──包括大壞蛋彼特。

「既然你那麼想知道⋯⋯」小紅帽米妮緊緊握着手裏的籃子答道，「我帶着我最拿手的朱古力碎曲奇餅去探望祖母，因為她得了感冒。不好意思，我要先走了⋯⋯」說完，她便立刻繼續上路。

大壞蛋彼特看着她離開，口水快要流出來了。小紅帽米妮真的很擅長做曲奇餅，大家都知道她的曲奇餅美味極了！

小紅帽米妮繼續走在大街上，大壞蛋彼特則轉入小巷，沿着內街奔跑。他比小紅帽米妮更早到達她祖母的家。

如今他只需要一條妙計。

　　大壞蛋彼特快步走到祖母家的前院，看見祖母洗好的衣服
正掛着晾乾。

　　「嗯……」他轉動着腦筋。

　　幾分鐘後，小紅帽米妮輕快地走到祖母家門前。

　　小紅帽米妮還沒來得及敲門，大壞蛋彼特便從草叢後跳了出來，身上穿着祖母的衣服來假扮她。

　　「你好呀，小紅帽米妮。」他尖聲地說，「你來探望我嗎？」

　　「你怎麼會……嗯，是的。」小紅帽米妮結結巴巴地說，心想：祖母看來病得很嚴重，她的樣子好恐怖啊！

但很快小紅帽米妮便留意到有一點不對勁。

「噢，祖母。」她說，「你的耳朵真大！」

「對啊，為了要聽清楚你說的話。」大壞蛋彼特繼續用他那可笑的聲音說。

「你的眼睛也真大！」小紅帽米妮說。

大壞蛋彼特向她靠近了一點。「對啊，為了要看清楚你。」他說。

「你的牙齒也真大！」小紅帽米妮說。

大壞蛋彼特靠得更近了。「對啊，為了要吃掉你最拿手的朱古力碎曲奇餅！」他叫道，然後從她的籃子裏一把拿走鐵罐，又脫掉了身上偽裝的衣服。

「啊哈哈哈！你被騙了！如今你的曲奇餅是屬於我的了！」大壞蛋彼特說。

小紅帽米妮看着他打開鐵罐，然後將罐內所有東西都倒進口中。

大壞蛋彼特可慘了⋯⋯他拿錯了鐵罐！

　　幾秒後，特強薄荷喉糖便發揮了功效。大壞蛋彼特的臉漲得通紅，眼睛睜得大大的。他立刻奔跑離開，急切地想要找點水喝。

這時，小紅帽米妮的祖母打開大門。
「噢，親愛的，你好。」她用手帕抹抹鼻
子，「一切還好嗎？」
　　「是的，祖母。」小紅帽米妮答道，
「一切都很好。」

小紅帽米妮順利地探望了
祖母，祖母也很喜歡她帶來的
朱古力碎曲奇餅。看見祖母的
身體好了很多，小紅帽米妮便
高高興興地回家了。

那麼大壞蛋彼特呢？

他發誓以後絕對不會再為了吃美味的曲奇餅而恐嚇別人了。

豌豆上的黛絲公主

　　唐老鴨王子想要娶一位公主。他到訪不同的王國，親自去尋找他的公主。然而，他遇到的每位公主都不合他心意。唐老鴨只想娶一位真正的公主。

「心腸太壞了！」這是唐老鴨對其中一位公主的評
價。唐老鴨認為真正的公主不可能是這樣壞心腸的。

「太友善了！」這是唐老鴨對另一位公主的評價。唐老鴨認為一位公主應該有獨立的性格，不應該迎合其他人。

唐老鴨還遇過一些太吵鬧和太安靜的公主。
他甚至遇過一位窮得只有一條破舊裙子的公主，
又遇過另一位富有得在鑽石中洗澡的公主。這些
全部都不行，全部都不是真正的公主。

經過多年的尋覓，唐老鴨受夠了，感到非常氣餒。他收拾好行李，起程歸家。

他歎了口氣，說：「按照此情況，看來我永遠都找不到真正的公主了。」

過了一段日子，唐老鴨幾乎絕望了。但有一天晚上，外面雷雨交加。閃電的光照亮了唐老鴨城堡裏的陰暗角落，隆隆雷聲使廚房裏的瓷器震得噹啷作響，雨點大力地敲打着窗戶。唐老鴨覺得自己能待在室內真是太好了！

唐老鴨在火爐旁躺着，忽然傳來一陣可怕的敲門聲。在這樣的暴風雨中，誰還會在外面呢？他有點害怕，差點不想去開門。

　　唐老鴨躡手躡腳地走向城堡的大門。「誰……誰……誰在
外面？」他緊張地問。

　　「請讓我進去吧！」門外傳來一把漂亮的聲音，是一位女
士的聲音，更可能會是……一位公主的聲音。唐老鴨突然心跳
加快，這位會是他夢寐以求的真正公主嗎？

　　唐老鴨王子立刻打開城堡的大門，門外站着一位惹人憐愛的女孩，她全身被雨淋得濕透了。她的頭髮很亂，裙子又爛又髒，腳上只剩下一隻鞋子。

　　「你是誰？」唐老鴨王子問。

　　「我是黛絲公主。」那年輕女孩說。

　　「你看起來不像公主啊。」唐老鴨說。

　　「但我是一個公主。」黛絲說，「事實上，我是個真正的公主。」

唐老鴨不太相信，但他自己是個真正的王子，而真正的王子是很有禮貌的。於是，他不但沒有取笑黛絲，還邀請她進來。

唐老鴨大力地拍掌三下，喚來他的外甥們。「這位年輕女士——」

「是公主！」黛絲打斷他。

「這位公主遇上了暴風雨。」唐老鴨繼續說，「輝兒，請為她找來些乾的衣服；杜兒，請為她倒杯熱茶；路兒，請為她準備熱水洗澡。」

　　當大家都在忙着的時候，唐老鴨悄悄地溜進客房，將一顆豌豆放在牀上。接着，他將十張牀褥放在豌豆上。然後，他又在牀褥上面加上十張牀墊。

　　唐老鴨知道，唯有真正的公主，才能在那麼多層的牀褥和牀墊上，敏銳地感受到那顆豌豆。

　　黛絲喝完茶、洗完澡、換上了乾爽的睡衣之後，唐老鴨便帶她進到客房。

　　「嘩，太好了！」黛絲說，「這張牀看上去非常柔軟。」然後，她便爬上長梯，躺下來，合上眼睛。

第二天早上，黛絲在唐老鴨吃着早餐的時候走出來。

「早晨，睡得好嗎？」他非常好奇地問。

「呃⋯⋯」黛絲揉揉眼睛，「我不是想埋怨，但事實上我睡得一點都不好。那張高牀上有一處地方凸起來了，使我非常不舒服，整夜都睡不着！」

這一刻，唐老鴨王子知道自己已找到真正的公主了。
雖然事實上，是黛絲找到他！

　　唐老鴨王子和黛絲公主馬上便結了婚，從此快快樂樂
地生活下去。

　　直到今天，你仍能在王宮博物館裏看見那顆豌豆呢！

薑餅人

這天是唐老鴨的生日，黛絲要為他準備一份特別的禮物，正忙着將薑餅人放進焗爐裏。薑餅人的眼睛是用葡萄乾做的，鼻子是櫻桃，還有三顆大葡萄乾放在衣服上當作鈕扣。

「這薑餅人真帥氣！」黛絲自言自語說，「唐老鴨肯定會喜歡的！」

　　不久，薑餅人焗好了，黛絲便把它從焗爐中取出來。她將薑餅人放在窗台上放涼，然後走到花園採摘一些花朵。

　　當黛絲從花園望向窗戶時，她嚇了一跳，因為那薑餅人忽然有了生命！他從窗台上跳下來，用那雙薑餅腳跑起步來，直奔大路。

「別跑！別跑！」黛絲叫道。但薑餅人繼續全力奔跑。

這時，唐老鴨也走出來了。他看見了這樣的情景，也一起大叫：

「別跑！別跑！」但薑餅人不肯停下來。

　　他只是一直笑着說：「奔跑吧，全力奔跑吧！但你捉不到我的，我是薑餅人！」

　　他沿着大路繼續跑。

唐老鴨和黛絲沿着那條鄉郊大路一直追趕着薑餅人。
沒多久，他們遇上了正在樹蔭下乘涼的高飛。高飛很想幫
助他的朋友，於是也跳起來一起追趕着薑餅人。

「別跑！別跑！」高飛叫道。

但薑餅人不肯停下來。

他只是一直笑着說：「奔跑吧，全力奔跑吧！但你捉不到我的，我是薑餅人！我能逃離黛絲和唐老鴨的追捕，我也能拋離你的，我做得到！」

　　於是，薑餅人繼續向前跑，黛絲、唐老鴨和高飛緊隨其後，然後他們遇上了米奇和他的一羣鵝。

　　當米奇看見唐老鴨、黛絲和高飛一起追趕着薑餅人，他也試着幫忙。

　　「別跑！別跑！」米奇叫道。

　　但薑餅人不肯停下來。

　　他只是一直笑着說：「奔跑吧，全力奔跑吧！但你捉不到我的，我是薑餅人！我能逃離黛絲、唐老鴨和高飛的追捕，我也能拋離你的，我做得到！」

　　於是，米奇也加入了追捕薑餅人的團隊。

92

　　沒多久，大夥兒遇上了鋼牙奇奇和大鼻帝帝，他們正在一棵大橡樹下盪鞦韆。

　　「別跑！別跑！」兩隻花栗鼠叫道。

　　但薑餅人不肯停下來。

　　他只是一直笑着說：「奔跑吧，全力奔跑吧！但你捉不到我的，我是薑餅人！我能逃離黛絲、唐老鴨、高飛和米奇的追捕，我也能拋離你的，我做得到！」

　　兩隻花栗鼠也加入了追捕薑餅人的團隊，但薑餅人越跑越快。

　　過了一會，薑餅人來到了一條小溪。大灰狼坐在小溪旁，把雙腳浸在那清涼的溪水裏。

　　大灰狼抬頭看見薑餅人被一羣人追趕，正向着他跑過來。他又嗅到薑餅人身上散發出來的香味，知道他一定很美味可口的。

　　「停下來吧！」大灰狼向他叫道，「我想我可以幫助你的，小伙子。」

「你能怎樣幫助我？」薑餅人問大灰狼。

「跳到我的背上吧。」大灰狼對他說，「我能載你渡河，逃離那些貪心的人。」

於是，薑餅人跳到大灰狼的背上，然後大灰狼開始游泳過河。

「大灰狼，我被河水沾濕了。」薑餅人說。

「那跳到我的頭上吧。」大灰狼說。

「大灰狼，我還是會被河水沾濕啊。」薑餅人對他說。

「那跳到我的鼻上吧。」大灰狼友善地說。

於是，薑餅人跳到大灰狼的鼻上……然後咯咯、咯咯、嘎吱、嘎吱，大灰狼把薑餅人吃掉了！

這就是薑餅人的結局。

米奇與豌豆

　　很久很久以前，有個地方叫做快活谷，那裏天天都陽光普照。山丘上有一座城堡，從那裏可以俯瞰整座快活谷。城堡裏有許多美麗的東西，當中最美麗的就是一座金色的豎琴，上面有一個天使肖像。這豎琴所奏出的甜美音樂，能為整座快活谷送上和平的祝福。

　　但有一天，一個神秘的陰影籠罩着快活谷。當那陰影消散之後，那金色的豎琴卻不見了。不久，住在快活谷裏的人，包括農夫米奇、農夫唐老鴨和農夫高飛，他們都變得悶悶不樂，而且經常捱餓。當他們再沒有糧食的時候，便決定把牛賣掉來換取食物。

米奇負責把牛帶到市集去。在路上，他遇見了一位老人。

「你要往哪裏去？」那老人問道。

「去把我的牛賣掉。」米奇解釋說。

那老人望望那頭牛。「讓我買下來吧。」他說，「用這三顆魔法豌豆跟你交換。如果你在月圓的時候種下這些豌豆，它們就會生長至雲端！」

農夫米奇非常好奇，而這天晚上剛好是月圓夜，所以他便同意了。

米奇回到家裏，向唐老鴨和高飛展示那些豌豆。

「三顆豌豆！」他們叫道，「這三顆豌豆不能填飽肚子啊！」

唐老鴨一怒之下搶去那些豌豆，把它們扔到地上。那幾顆豌豆彈了一下、兩下，最後掉進了地板上的一個洞。

那天晚上，三位農夫飢腸轆轆地睡着了。但當滿月升起，奇怪的事情便發生了。那些豌豆發了芽，然後一直生長……一直生長……一直生長，帶着農夫的小屋一直向上生長！

　　幾位農夫醒來後，望出窗外，發現快活谷不見了！他們正身處雲
端上一個奇怪的地方。

　　米奇指着一座巨大的城堡。「住在那裏的人肯定有許多食物。」
他說，「也許他會願意與我們分享一些。」

　　農夫們走到城堡裏，果然看見了許多巨型的碗放在桌上，碗內滿
是食物。

　　「吃吧！」他們高興地大喊，然後立刻張口大吃。

　　不久，幾位農夫都吃得非常飽。忽然，桌上的一個大箱子傳來了一把聲音，是那金色的豎琴！「我被一個邪惡的巨人擄走了，他把我帶到這裏，要我唱歌哄他入睡。」她解釋說。

　　這時，房間忽然震動起來。「飛—快—呼—分！」一把雷般的聲音說。巨人來了！

　　米奇、唐老鴨和高飛立刻躲到糖罐後面。

那巨人開始製作三明治，幾位農夫想竄到另一個藏身處，但米奇卻被困在麵包裏。當巨人正要張口咬下三明治時，他看見米奇，不能置信地瞪大了眼睛。

「捉到你了！」那巨人捉住米奇說。

然後他也一手捉住唐老鴨和高飛，將他們三人放進原本放着金色豎琴的箱子中。幸好，米奇及時在巨人鎖上箱子前溜了出來。

巨人笑了笑，將鑰匙放進口袋裏。他完全沒留意到米奇逃脫了。

不久，巨人開始有點睡意，想金色豎琴唱歌哄他入睡。他將豎琴放在桌上，不消幾秒鐘，他便打着呼嚕沉沉睡着了。米奇的機會來了，他小心翼翼地走進巨人的口袋裏，把鑰匙拿出來，然後迅速地救出他的朋友，並帶着豎琴逃走。

「我們快走吧！」米奇大叫。

巨人睜開了一隻眼睛，然後跳了起來咆哮道：「給我回來！」

但農夫們繼續拔足狂奔。

「你捉不住我們的！」米奇叫道。

巨人追着他們，引發地面劇烈搖動，但農夫們用最快的速度，沿着豌豆莖一直往下爬、往下爬。

唐老鴨和高飛最先下到地面，他們立刻用鋸子鋸斷那巨大的豌豆莖。那豌豆莖開始有點搖晃……繼而往一邊傾斜……最終「轟」的一聲巨響，整條豌豆莖重重地倒在地上。

巨人也從此消失得無影無蹤。

　　巨人不見了，農夫們便將金色豎琴帶回她原本的家——
山丘上的城堡。農夫米奇、農夫唐老鴨和農夫高飛成為了
英雄，而快活谷也回復為一個充滿歡樂的地方。

長髮樂佩

　　從前，有一對夫婦正期待着他們的嬰孩出生。有一天，那位太太望出窗外，看見鄰居在花園種植的生菜，她忽然很想吃這種名為樂佩的生菜。

　　「我很想吃那花園裏的樂佩生菜。」她跟丈夫說。

　　「但那個花園的主人，正是全世界最可怕的女巫。不過，如果你真的很想吃樂佩生菜，那麼我就為你去採摘吧。」丈夫說。

　　那天深夜時分，那位丈夫越過了圍牆，偷偷地進入了女巫的花園。他急忙地採摘了一些生菜，但正當他想轉身離開時，女巫出現了。

　　「這……這位女士，我太太快要生孩子了，她現在很想吃這種樂佩生菜。」他試着解釋說。

　　「這些生菜是我花了不少心機栽培的。」那女巫回應說，「我可以讓你拿走一些生菜，但你要付出代價。你的孩子出生之後，要讓我帶走。」

　　那丈夫沒想過她是認真的，所以便同意了。

　　幾個月後，那位太太生了一個女嬰。

　　「孩子叫什麼名字好呢？」太太問，她和丈夫正慈祥地看着
他們的寶貝孩子。

　　就在這個時候，女巫突然出現了。「她的名字叫樂佩，她是
我的！先生，還記得你的承諾嗎？」

　　說時遲，那時快，女巫一手把女嬰搶了過來，然後消失得無
影無蹤。

時光飛逝，轉眼間樂佩已長成一個貌美的少女。她擁有一把長長的金髮，平常都會束成辮子。

　　女巫恐怕有人會帶走樂佩，於是把她鎖在一座很高的塔裏，那座塔只有塔頂有一個小小的窗戶。

　　當女巫前來探訪的時候，她會在塔下大叫：「樂佩，樂佩，把頭髮放下來吧！」

　　樂佩便會把辮子從窗口垂到地面，讓女巫爬上來。

　　有一天，當樂佩坐在窗前唱歌時，有一位英俊的王子剛好經過。他覺得樂佩很漂亮，很想跟她聊天，可是卻不知道怎樣才能進入高塔。

　　王子多次到訪這座塔，直到一天晚上，他終於看見女巫呼喚樂佩，並詫異地看着她沿着樂佩的辮子爬上塔頂。

　　他立刻知道該怎樣做了。

第二天早上，王子又來到了那座高塔。

「樂佩，樂佩，把頭髮放下來吧！」他叫道。

樂佩把長長的辮子垂到地面，王子便爬了上去找她。

樂佩並不知道這王子是誰，但王子告訴她，他是她的朋友。

二人說說笑笑的，好不愉快。到王子要離開的時候，他們都顯得依依不捨。其後，王子每天都來探訪樂佩，不久他們便墮入愛河了。

有一天，當他們正在聊天的時候，塔下傳來了一把聲音……

「樂佩，樂佩，把頭髮放下來吧！」
女巫來了！
樂佩沒有辦法，唯有讓女巫進來。
那老女巫一看見王子，便非常憤怒。

「別再來探訪我的樂佩！」女巫尖叫着說，然後拿起剪刀，把樂佩的辮子剪掉了。

「現在快給我滾！」她一邊說，一邊把王子推出窗外。

「不要呀！求求你！」樂佩大叫，可是王子已經掉下去了。
她跑到窗邊把身體伸出窗外，自己也失去平衡，掉下去了。

幸好，樂佩和王子都跌入草叢中，沒有受傷。他們立刻跳上
王子的駿馬，頭也不回地飛馳離去。

王子立刻把樂佩帶到她親生父母的家裏，父母看見失散多年的女兒出現，都喜出望外。這些年來，他們都非常掛念樂佩。

不久，樂佩與王子結了婚，所有人都為他們感到高興。

樂佩在城堡附近建了一個美麗的花園，裏面種了許多美味的樂佩生菜。

從此，她與王子快快樂樂地生活下去……而女巫則活得不太快樂，因為她還被困在自己的高塔裏呢。

鞋匠米奇與小精靈

　　從前，有一個鞋匠名叫米奇。他是一隻善良和誠實的老鼠，為村民造出一雙雙又好看又結實耐穿的鞋子。

但生活艱難，米奇無法賺取足夠的金錢，來養活自己和他的太太米妮。這天米奇坐在工作枱旁，歎了口氣。

「也許這就是我造的最後一雙鞋子了。」米奇對米妮說。他剩下的皮革只足夠造一雙鞋子。

　　米奇將皮革裁剪成一雙鞋子的形狀。裁剪完畢後，已經夜深了，米奇打了個呵欠。

　　「明天才完成吧。」米妮說。於是，米奇將裁好的皮革放在工作枱後，便去睡覺了。

可是，米奇和米妮第二天早上起來的時候，發現那些皮革不見了！枱上放着的是一雙鞋子。那是一雙很漂亮、手工精緻、擦得光亮的皮鞋。

米奇將那雙鞋子放在店鋪的櫥窗。不久，一位富有的客人匆匆忙忙地走進店裏。

　　「我要買下那雙鞋子！」他叫道，並把三個金幣交給米奇。米奇將這些錢拿給米妮看的時候，她也嚇了一跳。這是平常的三倍價錢！

　　米奇用那些錢買了些食物，而剩下的錢還足夠買造兩雙鞋子的皮革！那天晚上，他裁好皮革後，很早便睡了。

　　第二天早上，米奇被米妮的驚叫聲喚醒。

　　「米奇！又發生了！」米妮驚歎。於是米奇立刻跑到他的工作室。

他的工作枱上放着兩雙新鞋子！這兩雙鞋子比之前那雙
造得更精緻。同樣地，這兩雙鞋子很快便以高價賣出了。

米奇用那些錢買了造四雙鞋子所需的皮革。那天晚上,他裁好了皮革便去睡了。果然,到了第二天早上,四雙全新的鞋子排列在工作枱上,每一雙都比之前的更為華麗。

如今，米奇的鞋子遠近馳名，天天都有許多顧客前來買鞋。每天晚上，米奇將裁好的皮革放在工作枱上；每天早上，他起牀後就會見到手工精細的鞋子出現。

這樣的事情持續了一段時間，米奇和米妮的生意變得越來越好。他們有足夠的金錢購買食物，也能買更多的皮革來造鞋，甚至還可以捐錢給城鎮！人人都非常快樂。

一天晚上，米奇對米妮說：「真想知道誰在幫助我們。」

「不如我們去看看吧。」米妮說。

於是，她和米奇那天晚上沒有睡覺，反而靜悄悄地躲在工作室的門簾後。

到了午夜，出現的竟然是兩隻小精靈！他們坐在工作枱上，
拿着裁好的皮革開始造鞋子。他們縫紉、鎚打、擦亮鞋子。沒多
久，小精靈造好了鞋子，然後便迅速離開了。

米妮說：「米奇，那些小伙子真的幫了我們很大的忙啊。」

「我們應該想個辦法感謝他們。」米奇同意，「那些可憐的小伙子穿着破爛的衣服。啊！我想到了——不如親手做禮物給他們吧！」

於是第二天，鞋匠米奇和太太便開始動工。米妮縫了兩套漂亮的小衣服，而米奇則造了兩雙耐用的靴子。那天晚上，米奇和米妮沒有將裁好的皮革放在枱上，而是擺放了送給小精靈的禮物。然後，他們便藏身在門簾後等待。

到了午夜，小精靈出現了，匆忙地走到工作枱上。當他們看見禮物時，興奮得連連拍手！米奇和米妮開心地看着小精靈試穿他們的新衣服和新靴子。

　　小精靈穿上新靴子後，開始手舞足
蹈。他們一直跳舞、一直跳舞——直到
跳出門外！

　　從此以後，米奇和米妮的店舖總是
擺滿漂亮的鞋子，生意也越來越好。至
於小精靈們，他們也邀請了朋友們前來
幫忙！

小小雞

有一天，小小雞前往市集的時候，有一顆極小的橡子剛好跌在她小小的頭上。「噢，天啊！天要塌下來了！」小小雞抬頭一望，震驚地說，「我必須立刻向國王報告！」

在前往城堡的路上，她遇上了唐老鴨。

「你這麼匆匆忙忙的，要去哪裏呢？」唐老鴨問她。

「去告訴國王，天要塌下來了！」小小雞回答說。

唐老鴨立刻抬頭望向天空。

「真的嗎？」他沒有看見天塌下來，但是，這消息還是
有點令人擔心。

「我跟你一起去吧。」他對小小雞說。

於是他們一起趕去通知國王。

在路上，他們遇上了高飛。

「你們這麼匆匆忙忙的，要去哪裏？」高飛問他們。

「去告訴國王，天要塌下來了！」唐老鴨解釋說。

高飛抬頭望望，「噢，天啊！我跟你們一起去吧。」

於是他們一起趕去通知國王。

在路上，他們遇上了米奇。

「你們這麼匆匆忙忙的，要去哪裏？」米奇問。

「去告訴天，國王要塌下來了！」高飛回答說。

「不是啊，高飛。是去告訴國王，天要塌下來了！」
唐老鴨說。

「我跟你們一起
去吧。」米奇說。

於是他們一起
趕去通知國王。

在路上，他們遇上了蟋蟀占美尼，他剛好要橫過那條路。

「你們這麼匆匆忙忙的，要去哪裏？」蟋蟀占美尼問。

「去告訴國王，天要塌下來了！」米奇說。

「讓我當你們的嚮導。」蟋蟀占美尼說，「跟我來吧。」

於是他們一起趕去通知國王。

在路上，他們遇上了黛絲，她正懶洋洋地躺着。

「你們要去哪裏？」她問，連眼皮也懶得睜開。

「去告訴國王，天要塌下來了！」蟋蟀占美尼說。

「噢。」黛絲打了個呵欠，「難怪空氣有點沉重。

我也跟你們一起去吧。」

於是他們一起趕去通知國王。

在路上，他們遇上了正在焗蛋糕的盧榮德。

「你們這麼匆匆忙忙的，要去哪裏？」盧榮德問。

「去告訴國王，天要塌下來了！」黛絲說。

「啊！這在科學上不大可能發生，但如今科技那麼發達，誰說得準呢？」盧榮德回答說，「待我的蛋糕焗好後，讓我也加入你們吧。」

不久，盧榮德的蛋糕焗好了，於是他們一起趕去通知國王。

在路上，他們遇上了大灰狼。

「你們要去哪裏？」大灰狼問。

「去告訴國王，天要塌下來了！」盧榮德說，他手裏還捧着蛋糕。

「是嗎？」大灰狼問。他撥動了一下鬍鬚，咧嘴笑着，「不如先來我家休息一會兒吧，然後我也跟你們一起去。」

小小雞、唐老鴨、米奇、高飛、蟋蟀占美尼、黛絲和盧榮德全部都跟着大灰狼走到他位於樹林外的家。

砰！他們一踏進大灰狼的家，大灰狼便關上了門，把他們全部困住了！大灰狼在屋外奸笑着。

屋裏的人彼此對望，沒有人知道可以怎樣逃出去。

　　大灰狼從窗外看着他們冷笑。「我的晚餐多美好啊！我要去市集買鹽和胡椒粉。」他對他們說，「很快便會回來。」

　　說罷，大灰狼邪惡地笑了笑，便趕快上路。但沒多久，突然傳來了一聲巨響！

　　盧榮德的蛋糕爆炸了！

　　大灰狼的家門被炸開了，窗子也破碎。小小雞、唐老鴨、米奇、蟋蟀占美尼、黛絲、盧榮德和高飛立刻逃走。

　　「這蛋糕的食譜有一點誤差，但幸好有這點誤差。」盧榮德說。

　　沒有人在乎了，大家都只想儘快逃離現場……他們全部人都忘了要告訴國王，天要塌下來的這件事。

但當大灰狼回到家裏，看見房子倒塌了，他肯定這件事是真的。
「噢，天啊！天真的塌下來了！」他叫道，「塌在我的房子上了！」